GOLDMANN

Buch

Viele Jahre erschienen Anne Steinwarts Gedichte regelmäßig in **Brigitte**. Der Erfolg bei den Leserinnen war ungewöhnlich groß: Auf ihren Wunsch entstand der erste Gedichtband »Wer hat schon Flügel«, dem rasch ein zweiter mit »Nicht aufzuhalten« und dieser vorliegende dritte Band folgten. Eine Kritikerin schrieb: »Die Lektüre dieser Gedichte ist wie das Gespräch mit einer guten Freundin.«

Autorin

Anne Steinwart wurde 1945 in einer Kleinstadt in Westfalen geboren, in der sie ihre beiden Kinder großzog und in der sie noch heute mit ihrem Mann lebt. Inzwischen ist die Autorin auch durch eine Reihe von Kinderbüchern bekannt geworden.

Im Goldmann Verlag sind von Anne Steinwart außerdem erschienen:

Wer hat schon Flügel (13740)
Nicht aufzuhalten (13854)

ANNE STEINWART

GEGEN ALLE ENTFERNUNGEN

NEUE GEDICHTE

Ein **Brigitte**-Buch
bei Goldmann

Für Dieter

Umwelthinweis:
Alle bedruckten Materialien dieses Taschenbuches
sind chlorfrei und umweltschonend.

Der Goldmann Verlag
ist ein Unternehmen der Verlagsgruppe Bertelsmann

Vollständige Taschenbuchausgabe August 1996
Wilhelm Goldmann Verlag, München

Umschlaggestaltung: Design Team München
Satz: IBV Satz- und Datentechnik GmbH, Berlin
Druck: Presse-Druck Augsburg
Verlagsnummer: 13897
kf · Herstellung: Heidrun Nawrot
Made in Germany
ISBN 3-442-13897-3

1 3 5 7 9 10 8 6 4 2

Inhalt Seite

Dilemma

Mein Kopf
und mein Herz
streiten sich oft

Der Kopf sagt
Nein
Das Herz sagt
Ja
Beide sind voll Eigensinn

Mein Herz ist mir lieber

Leben und Lieben

Jeder Tag
war eine Probe
für keine Premiere

Jahr um Jahr
geübt und geübt
nicht fertig
geworden

Ach was
ich fange
immer noch an

Neujahrsnotizen

Ich bleibe die alte
bin schon die neue
die alte Neue
die neue Alte

Will sein
wie ich bin
einen Augenblick öfter
als gestern

Sommerwolken

reisen
in hellen Kleidern
mit Rückenwind
ohne zu fragen
woher und wohin
Sorglos
ziehen sie weiter

Sommerwolken reisen
ohne Gepäck

Aufbruch

Schweig
vom Sturm und von
kommenden Flauten
Jetzt
sind unsere Segel
voll Wind
Wer weiß
wie lange er weht
und wann
er sich dreht
Jetzt haben wir
Rückenwind

Später sehen wir
weiter

Ich und Du

Ich springe
herzüber
Du fängst
mich auf

manchmal

herzüber
herzunter
herzfürchterlich

Herz an Herz
Immer noch
Immer wieder

Zeitweise Nähe

Du und Ich:
Zwei fremde Welten
die sich an den Rändern
berühren

Du und Ich:
Zwei Leben
an einem Tisch
in einem Bett

Hand in Hand
für Sekunden
Tage
Jahrzehnte

Du und Ich:
Wir sind zwei

Abendstille überall

Reden ist Silber
Schweigen ist Gold

Schreien verboten
Flüstern erlaubt

Zieh die Vorhänge zu

Bekanntschaft

Als ich jung war
kannte ich mich nicht
Ich suchte mich
in der Menge

Heute
kenne ich mich
Ich bin keine
von denen
Ich bin eine
von ihnen

Ich träume mich

Ich reise von Küste zu Küste
mit einem Rucksack voll Zeit
mit Federn im Haar
und Gras zwischen den Zehen

mit Flausen im Kopf
immernochimmernoch

Närrisch bin ich?
Na und?
Zu alt um zu fliegen?
Ach
Keine Angst
Ich träume mich nur

Flügel wachsen mir nicht

Zikaden Zikaden

Von Anfang an
Seltsam vertraut

Verrückte Singzirpen
Sonnenanbeterinnen
Kinder des Südens

Niemals gesehen
Nur gehört und gehört

Je länger je lieber

Blinkfeuer
in einem verlassenen Dorf

Die alten Häuser
lehnen sich aneinander
Stumm und geduldig

Unrat nistet in Kammern
von Spinnen bewacht
Rissige Wände starren mich an

Ich frage sie:
Wer hat hier gelebt
geliebt
gezweifelt
geweint
wer ist hier gestorben?

Schweigen antwortet mir

Immergrün rankt
durch Fensterhöhlen
Mohnblumen glühen
zwischen Disteln und Steinen
So finden
die Geister
nachts
heim

Inselnotizen

Der Himmel
darf sein was er ist

Alle Wege
laufen zum Meer

Die Wiesen
klammern sich an den Deich

Der Leuchtturm
schwört Treue
Jede Nacht

Träume

Im Mondlicht
schmückt sich die Nacht
das Meer
ist ihr Spiegel

Schön ist die Nacht
aus Samt und Seide
ihr Kleid
bestickt
mit goldenen Sternen

Wenn alle schlafen
umarmt die Nacht
jedes Haus
öffnet Türen und Herzen
und erzählt
wahre Märchen

Tausend und eins

Vom Frieden

Laß mich zufrieden ich
suche den Frieden laß
mich in Frieden ich
find keinen Frieden ich
hab keinen Frieden wo
find ich den Frieden wenn
nicht bei mir

Die Ausnahme

In der Regel
bin ich freundlich
verständnisvoll und
hilfsbereit auch

Nachtragend?
Niemals

Nur mir zahle ich's
heim denn
Strafe muß sein

Aber heute
stelle ich
ein Gnadengesuch
schreibe mir
ein Gedicht

Tagesbeginn

In der Nacht
wuchsen die Sorgen
zu Riesen

Wissen die Vögel denn nichts?
Sie erwachen und
singen

Guten Morgen Sommertag
nimm mich
in deine Arme

Komm

wir springen
über alle Berge
hängen Geigen
an den Himmel
pflücken Sterne
silberne Sterne

für den grauen
grauen Alltag

Südwind

Es lebt sich leichter
im Sommer
am Meer
Die Träume
kommen zurück
ein warmer Wind
treibt sie her

Zauberwind
Honigwind

Warum
ist die Liebe
manchmal
so schwer?

Glück-Suche

Nicht in der Ferne
finde ich Glück
und nicht
in der Nähe

In der Mitte
– hab ich gehört –
soll es sein
Und schwer
soll es sein
Und jeder
– sagen sie –
jeder wandert
allein

Delphi

Hätte ich nicht
mit eigenen Augen gesehen
daß es das gibt:
die Berge das Meer
die Farben das Licht
und die Lichter vom Hafen
die Steine die Steine
und das fruchtbare Tal
das Alte und Neue
alles beisammen
mit einem Blick
ich hätte gesagt:
das gibt es doch nicht
Nicht alles beisammen

Und wie es das gibt!
Ich wünschte ich könnte
Schönheit beschreiben

Unterwegs notiert

Griechische Bäume
wachsen auf Steinen
Ein Stein hält den anderen
Aprikosen sind reif

Die alten Frauen
wissen mehr als sie sagen
Sie tragen Schwarz
Sie erwidern mein Lächeln
Wo sind ihre Enkel?

Die Zikaden
preisen den Sonnenaufgang
am Morgen am Mittag am Abend
Zitronen lassen sich fallen
Wer erntet sie nicht?

Viele Brunnen sind leer
An staubigen Straßen
überlebt Oleander

Du Kind Du

Die Großen
meinen es gut mit dir
Glaub ihnen
aber glaub ihnen nicht
ohne weiteres
Frag sie
nach ihren Wegen
nach ihren Zielen

Sie kennen das Leben
besser als Du
Glaub ihnen
aber glaub ihnen nicht
ohne weiteres
Frag sie
nach ihren Schmerzen
nach ihren Träumen

Hüte dich Kind
vor den Großen
Vertrau ihnen
aber vertrau nicht
zu sehr
n i c h t z u s e h r

Botschaft

Höre nicht
auf meine Worte
Lausche lieber
meinem Schweigen

Sieh mich
nicht an
Schau mir nur
in die Augen

Sprich nicht
von mir
Sondern
sei bei mir

Warte nicht
auf mich
Ich komme
zurück

So oder so

Selbstgespräch

Die Liebe ist
Was ist sie denn?
Die Liebe ist
Wie ist sie denn?
Die Liebe ist
Wo ist sie denn?

Die Liebe ist
mein einziger Glaube

Zerrissen

Ich bin
meine beste Freundin
Ich bin
meine größte Feindin

Es fällt mir leicht
meine Freundin
zu lieben
Von meiner Feindin
will ich
nichts wissen

Warnung

Du kannst
mir vertrauen
Du kennst mich doch

Trau mir
nicht zu sehr

Kenn mich ja selbst kaum

Nordseewetter

Der Wind
pfeift
auf die Jahreszeiten
Die Wolken
gehorchen ihm blind

Manchmal
fallen sie müde
mit ihm ins Meer
Dann wartet
die Sonne
Einsam
und atemlos

Am Strand

Theater
unter freiem Himmel:
Die Sonne
führt Regie
Möwen Wind und Wolken
spielen mit
Jeden Tag
ein neues Stück
Statisten finden sich
im Publikum

In der Hauptrolle:
Das Meer

Küchenlied

Heute kommst du
mich besuchen
heute back ich
Lieblingskuchen

Dazu vielleicht
ein Walnußeis
heiß serviert
auf Sahnereis?

Kalbspastete
wär nicht schlecht
hoffentlich mach
ich's dir recht

Oder Griechisch
Allerlei
Knoblauch? Ja
ich bin so frei

Auf das Eis
’ne Prise Zimt
magst du mich auch
ganz bestimmt?

Kerzen brauch ich
roten Sekt
rosa wird
mein Tisch gedeckt

Stop! Da schellt
das Telefon
»Du kommst nicht?«
Ich dacht’s mir schon

Die Möwe

Ich sah sie fliegen
über blauem Meer
gestern noch
Sie so leicht und
ich so schwer

Ich sah sie schweben
hoch und frei
über fremdem Land
Ich fand sie
heute
tot am Strand

Im Kinderland

Himmelhoch
wachsen die Bäume
und kitzeln
die Sterne

Tausendschön
blühen die Blumen
und flüstern
und lachen

Wer pflanzte
den Dornbusch?
Wer säte
die Disteln?

Mitteilung

Ich kenne dich
inundauswendig
Außwändig besser
als inwändig
Leider

Zaubersprüche

Stelldichein
Haltmichfest
Bleibmirtreu
Jelängerjelieber
Vergißmeinnicht

wenigstens
eine Weile

Wohin dann?

Soll ich
von der Liebe lassen
weil sie weniger hält
als sie verspricht?

Soll ich sie verlassen
weil sie kein Hafen ist
sondern offenes Meer
mit stündlich neuem Gesicht?

Soll ich weglaufen
vor ihr?
Fort?
Von der Liebe?
Ich?

Zeuge gesucht

Der Spiegel
nennt nicht meinen Namen
zeigt nicht mein Gesicht
Er verleugnet
unsere alte Bekanntschaft

Wo ich wohne
möchte ich fragen
Zwecklos
Er gibt keine Auskunft

Klopfzeichen

Da ist es wieder mein Herz
klopft wie damals weißt du noch
wie alles begann damals
vor zwanzig Jahren Herzklopfen
bis in die Fingerspitzen nicht nur
wenn wir uns trafen es genügte
schon ein Gedanke da ist es wieder
das halbvergessene müde und
schweigsamgewordene Herz

Um Süd

Schöne Gegend im Atlantik
Möwenheimat
Sternschnuppeninsel

Haus aus dem Sack:
Unser Zelt
Unser Märchenschloß

Eidechsenwege gehen
Den wärmsten Stein finden
Ein Lied denken

Schöne Gegend
hier bei mir
bei dir

An Adam

Ich will nicht
geführt werden
und auch nicht
verführen

Neben dir
will ich sein
und gegenüber

Ich will nicht siegen
und nicht verlieren

In Liebe
Eva

Provinz-Notizen

Jeder kennt jeden
Eine Hand wäscht die andere
Wer die alten Bräuche nicht lobt
bleibt hier fremd

Gesungen
wird nur im Chor
Die Männer
geben den Ton an

Der Frühling

Er kommt über die Berge
er summt
seine Füße sind leicht

Er umarmt das schlafende Tal
berührt Knospen und Gräser
mit Streichelfingern

Er wartet mit Engelsgeduld
flüstert Liebesgedichte
und zärtliche Namen

Sein Atem ist süß
seine Augen sind
veilchenblau

Ein Brief

Du
das sag ich dir gleich
samtpfötchenweich
bin ich nicht
und niemals gewesen
Ich habe Narben
und Krallen
ich laß mir nicht
alles gefallen

Ich fauche
und beiße und kratze
und spotte und brumme
und schwatze sehr dumm
und stolpere
ziellos herum

Ungefähr so eine
bin ich – manchmal
nicht immer
(manchmal auch schlimmer)

Ich schrieb noch nie
einen solchen Brief
Ich
ich glaube
ich habe dich
fürchterlich lieb!

Zeitsprünge

Einst lebte ich
im Olivenhain
als hätte ich Zeit
Einst war ich jung

Jetzt ist November
Eisregen fällt

Ich fürchte
die Dunkelheit
das Alter
den Tod

Ich träum mich
zurück

Selbstportrait

Mein Gefängnis
heißt Sorge
Mein Gewicht
heißt Angst

Meine Sehnsucht
heißt Freiheit
und Leichtigkeit

Mein Name
ist Eva

Meine Tochter

Ich kaufe ihr
die besten Schuhe der Welt
Kein Stein soll ihr wehtun
Sie schaut sie nicht an
geht barfuß
Die Füße läuft sie sich wund

Ich backe ihr Kuchen
decke den Tisch
und warte vergeblich
Sie kommt spät in der Nacht
stellt sich schlafend
als ich sie umarme

Ich bin nicht wie du
das sagt sie täglich
und: Komm mir bloß nicht zu nah
Sie beißt und sie kratzt
und läuft weg
weit weg ohne Schuh

Im April bringt sie
Blumen für mich
die schönsten
Schlüsselblumen der Welt
Wo die wachsen
verrät sie mir nicht

Novemberschnee

Es schneit
es schneit
ein Festtagskleid
fällt vom Himmel
auf die Bäume
auf die halbvergess'nen Träume
auf die Gräber und Ruinen
und die stillgelegten Schienen

Es schneit
es schneit
Es ist soweit
Flocken tanzen Ringelreihn
stürzen ab
in schwarze Pfützen
ruhen sanft
auf Kindermützen

Ankunft

Ich bin zuhause
wo meine Freunde sind

Wo ich
vertrauen kann
wachsen mir
Wurzeln

Kein Wunder

Meine Freunde
wundern sich
über meine Freunde

Meine Freunde
sind so verschieden
wie ich

Abschiedsreime

Ich wünsche dir
herzinnigleise:
Hab eine
wunderschöne Reise!

Wenn du willst
kannst du
mir schreiben
und:
Unsere Träume
sollen
bei dir bleiben!

Nachtwache

Die Stadt ist still
ein kleiner Wind
weht Herbstluft
durch mein Fenster

Wer wird mich rufen
wer mich suchen?

Niemand kennt mich
Mein Freund ist
ausgewandert
Ich weine

Du Clown

woher nur
kennst du mich so genau?

Deine Stolperschritte
meine Luftsprünge
Deine Luftsprünge
meine Stolperschritte

Dein Lachen
Dein Weinen
Woher nur
weißt du so genau?

Ich lache Tränen mit dir
Siehst du mich überhaupt
Clown?

Grün grüner maigrün

Hochsteigen
auf grünen Wegen
treiben
in blauer Luft

nicht säen
nicht ernten
nicht fragen
n i c h t f r a g e n

Der Wind schäkert
mit allen Blättern
So grün wird es
nie wieder

Spaziergang

Ein Vogelpaar
schwebt durch den Regen
und zwischen grauen Wolken
lockt schon blaues Licht
Ich geh
sag ich
und geh allein
Mein Liebster
geht nicht mit

Der Sommer
wächst tropfnass
an allen Wegen
und lacht
und wärmt mich nicht
Sei still
sag ich
und geh allein
Mein Liebster
geht nicht mit

Auskunft

Ist Bleiben
leichter als Gehen?
Ist Gehen
leichter als Bleiben?

Bleiben ist schwer
und Gehen ist schwer
Die Zeiten
dazwischen
sind schwerer

Mein Kind

Kam ein schwarzer Vogel
geflogen
der verschluckte alle Sterne
am Himmel
Mein Kind hat geweint

Kam ein bunter Vogel
geflogen
der malte mit goldener Feder
neue Sterne
an den leeren Himmel
Mein Kind hat gelacht

Mein Kind weiß nichts
Mein Kind weiß alles

Februar
oder: Gewöhnung

der schnee hat
sich festgetreten alles
geht seinen gang keinerlei
tauwetter in sicht nur
neuschnee die welt ist
weiß wie denn sonst
weißweißweiß
farbenblind blind bis
auf die erinnerung an
knospen

Ermutigung

Die Tür
zum Glück
ist oft verschlossen

Manchmal
liegt der Schlüssel
unter der Matte

Stunden aus der Wundertüte

Wir tauschen
Gedanken und Wünsche
Wir schauen zu
wie das Gras wächst
wie die Käfer sich plagen
Wir lauschen
den Vögeln und Schmetterlingen

Wir gleiten
ohne Eile
ohne Ziel
durch einen
wunderbar nichtsnutzigen
Tag

Umkehr

Ich wollte
dir entgegenkommen

Nun stehe ich
dir im Weg

Verzeih

Gegen alle Entfernungen

Einen Weg suchen
Zeichen entziffern
Den ersten Schritt tun
Die richtigen Worte finden
Stillsein und lauschen
Berühren was fremd ist
Nähe
versuchen

auch wenn das Herz
ängstlich schlägt

Ende Dezember

Aus dem Kalender
gesprungen
durch die Felder
gelaufen
Mit offener Jacke
und Sonne im Gesicht

Knospen gefunden
Aufgetaut

Mit dem Frühling
getanzt
Mitten im Winter

Ernüchterung

Schneestilles Winterfeld
unberührt
wie ein leeres Blatt
weißes Papier

Ein Vogel kommt
hüpft hin und her
fliegt leise weiter

Seine Spuren im Weiß
die erste Zeile
für ein Gedicht

Die nächste:
Meine Fußstapfen

Ich habe alles verdorben

Angekommen

Meine sieben Sachen
an geduldigen Zweigen
Meine Strohmatte
unter gütigen Bäumen

Ich träume
mit offenen Augen
bin Silberblatt
und Zikadengesang

Mir schlägt keine Stunde

Ich bin wirklich
in Griechenland

Adiós

Noch einmal
mit den Steinen reden
den uralten Spröden am Meer
Noch einmal
alle Inselbäume grüßen
Ein letztes Mal
Oktobersonne
auf den nackten Bauch

Morgen
schmuggele ich
Pinien über die Grenze
von Süden nach Norden
Hundert Nasen voll

Sprachlos

Ein Wort für Liebe
das nicht zu leicht ist
und nicht zu schwer?

Ein Wort für Liebe
das leise genug ist
und nichts verschweigt?

Jedes Wort ist Verrat

Ich will

vertrauen
auf das was ist
und was kommt

zweifeln
an dem was ist
und was wird

suchen und ankommen
und weitersuchen
Auf Teufel komm raus

Rückfall

Die erste Geige
überlasse ich dir
Ich tanze
nach deiner Musik
wie in alten Zeiten

Ertappt!

Das Fest ist zu Ende
mein Lieber
ich habe zu tun

Kleines Liebeslied

Ich komme
bei Donner und Blitz
durch Hagel und Regen
bei Schneesturm
bei Nebel
Ich komme
durch Wind und Wetter
gerannt
ohne Schirm
ohne Mütze
und ohne Verstand
Und wenn es brennt

ich hoffe ich
fürchte mich nicht

wenn es brennt
geh ich
durch alle Feuer
für dich!

Jetzt

Ich bin in Gedanken
schon dort wo ich
morgen erst sein werde
Mit meinen Gedanken
renne ich mir davon

Ich bleibe stehen
spüre meinen kurzen Atem

Ich will
zu mir kommen
dahin
wo meine Füße sind